火苗集

宫蔚国

著

中国言实出版社

图书在版编目（CIP）数据

火苗集 / 宫蔚国著 . -- 北京：中国言实出版社，
2021.1

ISBN 978-7-5171-3686-6

Ⅰ.①火… Ⅱ.①宫… Ⅲ.①诗集－中国－当代
Ⅳ.① I227

中国版本图书馆 CIP 数据核字（2020）第 264439 号

责任编辑 宫媛媛
责任校对 代青霞

出版发行 中国言实出版社
地　　址：北京市朝阳区北苑路 180 号加利大厦 5 号楼 105 室
邮　　编：100101
编辑部：北京市海淀区花园路 6 号院 B 座 6 层
邮　　编：100088
电　　话：64924853（总编室）　64924716（发行部）
网　　址：www.zgyscbs.cn
E-mail：zgyscbs@263.net
经　　销 新华书店
印　　刷 北京温林源印刷有限公司
版　　次 2021 年 1 月第 1 版　　2021 年 1 月第 1 次印刷
规　　格 880 毫米 × 1230 毫米　1/32　5 印张
字　　数 50 千字
定　　价 36.80 元　　ISBN 978-7-5171-3686-6

精神的澡雪与取暖

——评宫蔚国微型诗集《火苗集》

（代序）

　　对于宫蔚国先生，我们其实并不陌生。首先他是一个备受诗界瞩目的编辑家。作为当代诗歌第一大民刊《淮风》诗刊的主编和掌门人，他对诗歌的虔敬之心、对作者的诚挚之情、对期刊发展的精闳之志，都让我们至为感佩。这些年来，《淮风》诗刊一纸风行，享誉九州，驰名遐迩，不仅屡被名刊鼎力推介，还受到著名诗人与教授的交口称赞，堪可欣慰。该刊一直致力于推介"中国的现代诗、现代的中国诗"，已然成为"诗爱者的精神家园"。与专业诗歌刊物相比，论诗歌内涵、栏目设置、图文擘画、装帧印制，《淮风》均精益求精，毫不逊色。虽自筹办刊资金与邮寄资费却能大量免费订阅，实属不易。可以说，诗作者、读者与编者能够如此和谐相处、和蔼可亲、和衷共济，是与宫蔚国先生的真心热诚待人、敬业奉献精神、人格人师魅力分不开的。承蒙宫先生的信任与厚爱，我有幸成为《淮风》诗刊散文诗和评论栏目的主持人，彼此之间建立了深厚朴笃的诗歌情谊，从他的身上，我也学到了一些做人、写诗、为人作嫁抑或为诗服役等方面难能可贵的品质，为此我常常于内心深怀着十分的感激、谢忱与敬意。

　　让我感到高兴的是，宫蔚国先生在繁忙的本职工作和编务之际，仍不忘诗歌初心，不弃写诗之志，创作了大量脍炙人口的哲理诗、抒情诗和寓言诗。他的诗歌感物缘情化人以真，形象意境引人入胜，寓言象征启人心智，哲理意蕴发人深省。特别是他出版的这部微型诗集《火苗集》，自2007年迄今，积十余年之功，集艺术之力，矢志思考人生、人性、人类的现实处境，每每融哲理、抒情、心智场景于一体，给人以无尽的回味和思想的启迪。《火苗集》由500首短小精悍的微型诗组成。在我看来，他的这些微型诗，或许受印度诗人泰戈尔《飞鸟集》、中国诗人冰心《春水》《繁星》和宗白华《流云小诗》的影响。如果说，泰戈尔的《飞鸟集》"像山坡草地上的一丛丛的野花"（郑振铎语），在早晨的太阳光下具有多种多样的颜色和香味；冰心的小诗集"像一泓晶莹清丽的春水"带给人们清新与纯洁，抑或"像冷冷夜空上的繁星"赋予读者以心灵的璀璨与光亮；宗白华的小诗"像高天上的流云"流淌出一片真情的话，那么，宫蔚国的微型诗则"像是冬天里的火苗"一样，跳动着思想的熠光"用来给精神取暖"（宫蔚国诗观）。可以说，泰戈尔、冰心、宗白华的小诗，既是宫蔚国先生的一面面镜子，又是他在现代语境下进一步突破与发展的一根根标杆。为此，我在这些小诗里，看到了一个共同的特点，即是像郑振铎先生曾深情地称扬泰戈尔《飞鸟集》的那样——"包含着深邃的大道理"，当然，宫蔚国也是以短小的诗形来自由抒写内心瞬间的感触，追求诗意的真纯和意境的清新隽永，这样的抒写让我们充满着深邃的期待。

但凡凭借三五行小诗而能赢得思想与哲理的"深邃"，这的确不是一件容易的事。但是宫蔚国做到了。开宗明义，他在《火苗集》第一首诗中写道："海洋对陆地说：/你的坎坷崎岖/一如我的波涛汹涌/生活的壮美就在于此啊！"在这里，诗人从"海洋"对"陆地"的劝诫中产生了哲理的联想，纵然它们表面看上去"坎坷崎岖"而不平坦，但因"波涛汹涌"而蓦然呈现出生活的"壮美"与思想的力量。第七首这样写道："最弱的光/也可以撬开黑夜的锁//最柔弱的生命/

也可以突破土地的坚硬"，诗人正从生活中细微的小事或人们不常深思的细节中，引发出人生的哲理，意蕴深刻，以小见大，从"最弱的光"撬开"黑夜的锁"、最"柔弱"的种子突破土地的"坚硬"等司空见惯的生活现象中，发掘出一些带有本质的东西："外强"或然"中干"，在具体的情境或场景中，有时也可以弱胜强、以柔克刚、柔中有刚，于是便有了第三百六十六首的这几行诗："树木寒风中挺直了身躯／而折断它的／是温柔的雪花。"这是何等的发人深思啊！同样写"雪花"，第五十二首则这样写道："雪花一旦失去梦想／就不再有翩跹的舞姿／只会和尘土一起／化作了污泥。"道出了有梦才有远方、有理想才有希望的重要性，否则，"雪花"只能与尘土无异，最后的归宿无非是"化作了污泥"。类似的思想在第一百五十首中表达得更直接："没有梦的生活／就像蓝天上没有云彩／无论阳光多么温暖／却仿佛已失去魂魄。"理想与梦，就像蓝天上的云彩和温暖的阳光，又如人的魂魄，须臾不可丧失啊！没有梦的生活，人们也只能在漫漫长夜中苦苦地摸索。如写到天空、太阳、星辰、万物，诗人从不同的维度多次涉及到此："天空给星辰以明亮／不是要它来炫耀光芒／而是默默承受黑暗的重量"（第一百五十八首）、"当黑夜将光明踩在脚下／我看清了／天空的真相"（第二百二十一首）、"黑夜，自有它温柔的美／你看，万物在它怀中／都陷入迷睡"（第二百七十八首）、"太阳以驱散黑暗的名义／扼杀了所有星光"（第三百八十九首），诗人在这些诗行中，善于捕捉刹那间的灵感，以三言两语抒写内心的感受，仿佛看透了"光明"与"黑暗"，参悟人生，思想深邃，表现了诗人对生命意义、世界本质的追问和思考，语言中充满了智慧与哲理，形式短小而意味深长。由此我想起了高尔基说的一段话："思想是黑暗生活中唯一不会欺骗我的永恒灯塔，是世上无数可耻谬误中的一点灯火；我看见它越燃越旺，逐步把无数秘密彻底照亮。"（高尔基：

《人》,《散文名作精品》,成都,四川人民出版社,1995年)。宫蔚国的微型诗,正是凭借着"思想的力量",让我们在冬天的火苗与思想的光焰中看到了真理的成长,透过那片昏暗的迷雾,我们仿佛看见了永不衰竭的哲理的光芒,像一朵思想培育出来的火红的花朵。

如果你再进一步打开他的诗集《火苗集》,就会发现有一种情感有机地贯穿其中,如刘勰《文心雕龙·物色》篇中所说:"以少总多、情貌无遗。"诗人在他的小诗里,不仅追求词句清丽、韵律天然,而且还注意寓情于景、情景相映,创造出一种恬静和美的意境。如第二首这样写道:"莫要嘲笑枯木吧 / 你看这寒冷的夜 / 它燃起的火 / 比枝繁叶茂的树 / 更要温暖。"诗人在此把情与景融合在一起写,置身于"寒冷的夜",即便连那燃烧的"枯木",也立马变得"温暖",曾经老朽的枯木,仿佛一下子便成了有温度的"神"。又岂止是"枯木",那些"冷冰的柴草""冰冷的蜡烛",又何尝不是如此地带给我们以心灵的慰藉与精神的温暖呢——"如果火向你索取温暖 / 请不要走开 / 你只需给它一些 / 哪怕冷冰的柴草。"(第三十二首),"这冰冷的蜡烛 / 如果没有点燃 / 怎会知它如此温暖。"(第三十九首),宫蔚国的小诗,总是这样的以情动人,情韵悠长,用温暖的情思深深地打动读者,正如他自己所说的,"在这个冬天 / 你没有送给我一件棉衣 / 却在我的心灵点燃了火焰"(第一百二十首)——这火焰,不只是思想的火焰,也是情感的火焰。有了火焰,就有了温暖;有了火焰,就有了热情;有了火焰,就有了自然、人生与灵魂的气度。诗人标举着有情之诗,正是借助"情感的力量",才造成了宫氏小诗之美。

写到这里,我还是想说,诗之所以为诗,固然要借助于"思想的力量""情感的力量",但到了最后,还是有赖于"语言的力量"。如前所论,宫蔚国的诗歌有着蕴含哲理的诗骨、真挚动人的情感、情景交融的审美、空灵幽深的意境,但对这些理与情的表达方式,妙就妙在，诗人运用了"减法的书写"、简洁静穆的诗形以及淡雅清新而又晶莹明丽、明白晓畅的语言，这无疑增添了写作的"难度"。他的诗惜墨如金，言简意丰，语短情长，乃是披沙拣金的写作——纳须弥于芥子，于微尘中见大千；片言立百意，尽幅通万里；意余于象，缩龙成寸。尤其是在现代生活节奏愈益加快的当下，很多人都选择了"短平快"的阅读方式，宫蔚国的微型诗应运而生，更加餍足了读者的心理需求。他能以少少许胜多多许，用短小精悍的诗句，道出深刻的人生哲理，抒发丰富的纯朴之情，让笔者得之于心，令阅者会之以意，不亦快哉，不亦乐乎？

还是让我们齐声诵读宫蔚国的诗吧："可爱的，你给予的光／已化作希冀／为我越冬的心灵／披一件火的棉衣"（第八十六首）、"这路边的野草／在冬季／是温暖你的火苗"（第一百三十五首）——诚然，是火种，自会燃烧；是火苗，相信它在我们的心头，永远会跳动着一种说不出的温度与亮度。

祝贺蔚国，祝福诗歌！

崔国发

2020 年 5 月，写于洗心斋

1.

海洋对陆地说：
你的坎坷崎岖
一如我的波涛汹涌
生活的壮美就在于此啊

2.

莫要嘲笑枯木吧
你看这寒冷的夜
它燃起的火
比枝繁叶茂的树
更要温暖

3.

哦，这广袤的大地
我不晓得
脚下的每一步
都埋藏着多少条古道

4.

亲爱的，不是我不敢走近你
只怕我光的热情
照亮你夜的静谧

5.

所有的云朵
都是大山行走的梦

6.

哦，可怜的云
梦想已碎
你坠落成连绵的群山
是沉思呢，还是永久地入睡

7.

最弱的光
也可以撬开黑夜的锁

最柔弱的生命

也可以突破土地的坚硬

8.

只有严寒时
才能发觉水柔弱的外表
原来有一层坚韧的外壳

9.

给我希望的温暖的火啊
为什么当我试图靠近你
总是被你灼伤

10.

蝴蝶招摇自己的美丽
旋即，它就被人夹在书册里

11.

我已将生命的底线
放在海底了
如果命运还要加码

我只有起浮了

12.

相信生命的力吧
山穷水尽
仅是命运的摆设

13.

没有谁
愿意成为黑暗的象征
很多时候
黑暗也自诩为光明的一种

14.

生命恰如一朵花的绽放
认真欣赏时
它就变得短暂了

15.

我放飞了希望

看见它以飞翔的姿势
丰满了自己的羽毛

16.

海啊，你的每一页波涛
都隐藏着一条航线
每一朵浪花
都在歌唱一只远帆

17.

冰儿也需要温暖
当孤独的身躯
盖上棉絮
它甜蜜地睡了

18.

那段我鄙视的路啊
至今，在记忆的瓶里
还插着几枝美丽的花

19.

唉，你那轻轻一诺
怎会化成一座山
要我用今生去攀

20.

离得远些
再远一些
秘密就像春天的草芽
远远看去
一片葱茏

21.

是的，我仍手持希望之火
我知道
在这阴云之上
依然有阳光普照

22.

帆啊，请站起
你看，风儿已列队
在等待你的手势

23.

我怀念
你所有的不好
它在时间的胃里消化
都生成了我情感里的养料

24.

沙漠与大海
为何疏离得那样遥远
莫非理解
也是一种伤害

25.

我问鱼儿：

你有水中的思考
能想出岸上的生活吗

26.

等待啊，你光的信使
在浩瀚的宇宙
蜗牛一样爬行
于是我派出另一束光
前去签收

27.

如果你决意为水
我愿做你
今生行走的岸

28.

当我折断寻梦的翅翼
蓝天收紧了心情
那么多美丽的白云
都摔成了雾

29.

你看，那一条条奔腾的小溪
像一条条欢快的小鱼
而大海静默以待
像张着大口的网

30.

唉，太阳已近黄昏
而我只是它
余晖中的一瞬

31.

今晚这清新而迷人的明月啊
在诗中已过千年

32.

如果火向你索取温暖
请不要走开
你只需给它一些

哪怕冷冰的柴草

33.

如果对它好
就对它冷一些
再冷一些
因为它是冰

34.

相信吧
无论给予多少温暖
冰都不会认为那是爱

35.

如果你的微笑里
可以藏刀
就会有人刺杀你的微笑

36.

唉，就在众口颂扬之时

你那高高的权威
变异成一座可怕的塔

37.

雪啊，我们多么依恋
可当我选择暖阳时
你却走向了冰寒

38.

嗨，陌路的人
我们在同一个世界
但眼中的世界
却是不同的色彩

39.

这冰冷的蜡烛
如果没有点燃
怎会知它如此温暖

40.

世界如此安静
是都睡去了
还是如我一般
在默默倾听

41.

风啊，你是不是很痛
这漫天翻飞的叶子
多像你身上刮去的鳞片

42.

山啊，手牵着手
连绵不绝的身姿
是你的行走

43.

这条曾经的小路上
每一棵小草

都在怀念一个行者

44.

花啊，那么多美好的想象
赋予你
是一种伤害

45.

你将所有的不幸
贮藏在信念的瓶子里
化成了油
于是你燃起的灯光无比明亮

46.

在江河入海的那刻
回味源头
味道却是苦涩的

47.

这一望无际的路啊

幸福的人总在播种

48.

你说，追寻的梦儿
就像天上的云
可是你看
大地上降下的
并非虚幻的甘霖

49.

莫要怨怼吧
不是光不愿与你相见
是你尚未走到它的宫殿

50.

如果没有水
桥的身姿
更像一种守望

51.

亲爱的，那巨石上的花儿
为你而开
每一朵
都结出一个等待

52.

雪花一旦失去梦想
就不再有翩跹的舞姿
只会和尘土一起
化作了污泥

53.

桥与水
终生相守
可是它们的路
永远不同

54.

在大地的平面上
我并无多少足迹，我知道
在命运的心中
我已走过许多次曲折的轮回

55.

雪光里
你一个善意的谎言
成为我整个冬季的炭火

56.

坚持吧，别舍弃你沉重的岁月
它会在你的将来
蝉蜕出有力的翅膀

57.

太阳坚持每天的行走
它并未在意

天空没有留下它的足迹

58.

唉，那棵弯曲的树啊
虽被矫正了
可它的枝干总是拧的

59.

树啊，你选择闪电
为你遮风避雨
于是你有了坚强的生长
和温暖的阳光

60.

云虽遥远
还能化作雨水归来
而这眼前的炊烟
却永远不会回还

61.

炊烟啊，是下凡的云彩
它为我的寒冷
生下火焰

62.

是的，春天不会遥远
因我看见自己的微笑
在风寒中盛开

63.

什么都不可以将幸福改变
只要心中
总有一种声音
在呼唤

64.

将复仇之火
在意志的钢炉下
细细燃烧

将会炖出美味的汤

65.

如果因为爱惜鞋子
而放弃了行走
那就赤脚上路吧

66.

飞鸟走时，没有留下一声言语
那只空空的鸟窝
悄悄锁紧春天的门

67.

啊，我只有骑在鹰的背上
才能感受风中的波浪

68.

英雄被吞噬成一弯残月
你还试图用棍子敲碎
所以你的睡眠

一片漆黑

69.

我没有寻到一棵树存在的意义
于是，我将目光
投向了整个森林

70.

你看，这滚滚的潮流
留在地缝里的都曾走在前头

71.

在阳光下看货
在月光下看人

72.

怎么可能？既然你是一棵树
哪怕变成干柴一堆
你的火焰也令人生畏

73.

你看，有人一生留居的
仅仅是个旅馆
而终生未归的
却是家

74.

回望着一座座山峰
眼前的
又何尝不是身后的一种

75.

你是我
在记忆的衣橱里
翻到的一件童年丢失的新衣

76.

你身着盛装，美丽无比
但在一分一秒里

都化作了回忆

77.

哈，你的慈悲
你充满快意地把活牛活鸡
扔给狮子，却对狼吃小羊的故事
耿耿于怀

78.

有缘的人
如果今生不能相遇
请读一读我留给你的诗句

79.

如果你的树不能开花结果
那就茁壮它的枝干
作一根栋梁之材吧

80.

嗨，这片片的烟云

匆匆去向哪里
如果我邀你攀谈
可否停下栖息

81.

我要耕耘广袤的原野
你给予的是云做的牛马
看，这片片烟霞
都是生长的庄稼

82.

啊，真理的路上
总有几个背影
踽踽独行

83.

冬啊，你有力的手
挤碎我心海中的泡沫
现在，我可以清楚地看见水中的景色

84.

啊，这巍峨的山峰如此寂寞
我终将化作花儿一朵
盛开在它的冰雪之上

85.

雷电啊
我们渴求的光明
变得那样可怕
是因你不幸作了黑暗的先锋

86.

可爱的，你给予的光
已化作希冀
为我越冬的心灵
披一件火的棉衣

87.

莫要在意结局吧

你只需关心
这一次
是不是最后

88.

你在那片云里困惑已久
走出那片云吧
走出去
阳光才能靠近你

89.

别，别靠近
这美丽的
神秘
它是刺

90.

在历史的衣橱里
我感情的天平
倾给了旧衣

91.

瞧，回走之路
也可以看作
前方

92.

当我试图解读一朵花时
每一片花瓣
都标有一种注释

93.

我赞美天空的蓝
你却担心它背后的
黑暗

94.

啊，我宁可世界变小
也永远怀念
你伞下的

那片天空

95.

蝉啊，你要新生
因而你那生命的外壳
就变得无比沉重

96.

呵，你那高远的目光
却没有跃过
你的脚下

97.

尊敬的，你用残破的枝叶
孵化出春风
我竟爱上了
这世间的烟雨迷蒙

98.

哦，原野

这云，这风
蝴蝶，花草
千年以后
我是哪个符号

99.

唉，干枯的草
凋萎的花
它们原本是同质的

100.

你瞧那岩石
它不屑地说
玉啊，它本是我们中的杂质

101.

是啊，你已将灵魂寄托在未来
现在肉体的一切
仅仅是一种过渡

102.

莫要试图水落石出
你若不想看见山石的狰狞
就让你的水
永远丰盈吧

103.

种瓜得瓜
种豆得豆
而我播种的是一个美丽的虹啊

104.

瞧，丑陋的石头
用它的重量
制服了一根羽毛的美丽

105.

唉，草啊，在巨石的重压下
你信念的幼芽

渐渐与虫子相依为命

106.

土地啊，我的种子不怕坚硬
它会永久地等待
直到变作一粒化石
也要挺成突破的身姿

107.

花啊，美丽已成凋零
你的果实却因此
诞生

108.

草儿，莫笑吧
石头不会发芽
却可以变成土壤
供你生长

109.

火啊，你不可以替代阳光
纵然你给予了许多温暖
却不能给予养料和生长

110.

我该信谁
这条笔直的路
在宇宙的眼里是曲的

111.

我不知
这盛宴，在我消受的时刻
是否已留给了未来

112.

没有阴影
是因你选择了星光
假如走向太阳

你的阴影会将你照亮

113.

你的美丽是一只蝴蝶
从此，我的梦里
总有一片盛开的花

114.

神秘的，沉默不语
它像一只眼
静静地望着
你的表演

115.

船的位高
从赞美水的深度
开始

116.

何须看清彼此的世界呢

你相信雾中的行走
比阳光下
还要持久

117.

那座高高的山峰啊
在我终于渐近的时刻
仿佛一个背景
忽然被谁撤去了

118.

别总躲在树下吧
那会让树觉得
人也是一块木头

119.

啊，理想
在我还是一棵幼苗时
你就绑架了我

120.

尊敬的，在这个冬天
你没有送给我一件棉衣
却在我的心灵点燃了火焰

121.

可笑的，你手里的金条
换不来信徒手中的香火

122.

我浇灌着花儿
并欣赏
而你却将它采下
幸福地插在头上

123.

哦，一个一个的彩泡破灭了
我在追寻它的美呢
还是追求它的破灭

124.

当我以为在真理的路上
走出很远
却发现在原地上
多转了几个圈

125.

我的灵魂像一只鸡
捡拾着精神的垃圾
居然生出一个硕大的蛋

126.

千年以后
我的困惑会跟随你的脚步
在终点
敲响铃声

127.

别在意头上片刻的阴云吧

因为永远晴朗的天空
会造出沙漠

128.

你看，那个遥远的星球
或许曾是我们的家
许多年前，我们也从那里望着

129.

啊，一个一个现实
梦一样流逝着
每走进下一个
我们都逼真地活着

130.

唉，你看这些鸟儿
美丽的都进了笼子
丑陋的却获得了自由

131.

亲爱的，无论你如何缺失
在这熟悉的场景里
你的昨天还活着

132.

走吧，走出屋子
遮风避雨，天空才是
最好的伞

133.

气球因为气的鼓励
而膨胀
又因为气的鼓励
而破碎

134.

是的，因为花儿终有枯萎
我才为它的美

如此陶醉

135.

莫要践踏吧，这路边的野草
在冬季
是温暖你的火苗

136.

真理啊，就像我手中的泥巴
在不同的时光
被捏成不同的形象

137.

猫在自信像虎时
却害怕一只狗

138.

瞧啊，蚊子像个勇士
袭击时
敢于拉响警报

139.

为什么有人
让鱼鹰捕鱼的经验
传授给鸡

140.

你看，一次成功越轨的经验
终于让第二次覆灭

141.

在我被唤醒的时刻
我听得懂正被宰杀的小鸡
大喊救命

142.

有时，你那么多冰冷的语言的刀锋
竟抵不上一滴泪水的
锋利

143.

没有美丽的骷髅
才有美丽的生活啊

144.

我叹息人生的短暂
听见蝉儿说
它已欢歌了漫长的夏天

145.

夜空如此寂静
它在等待一颗星的分娩吗

146.

啊，你的身影
从何处飞来
当我对着明月举杯
你已化作杯中的云彩

147.

仅仅几日
这凋萎的花儿就成了遥远的回忆
而许多年过去
你还鲜活地活在我的昨天

148.

你看看那天空
群星割据
于是就有太阳
大一统

149.

梦呢，就像这果子的青涩
如今果子已熟
梦也该落了

150.

没有梦的生活

就像蓝天上没有云彩
无论阳光多么温暖
却仿佛已失去魂魄

151.

哦，这坚实的大地
当我骄傲地立于其上
却发现它在宇宙中
孤零地飘浮着

152.

如果一只鸡试图跳进河里
请相信河水已经见底

153.

尊敬的，我对你如何评说
将你的善累积
你是圣贤
将你的恶累积
你却是恶魔

154.

鸡用它的胃证明
我讨厌的虫子
恰是这鲜美可口的蛋

155.

星辰与黑夜
永恒地相守
它们却无法理解彼此的世界

156.

当我试图用理性的阳光
照耀生活
却发现生活处处着火

157.

何必总对生活阐释呢
你会发现阐释过的生活
早已褪色

158.

天空给星辰以明亮
不是要它来炫耀光芒
而是默默承受黑暗的重量

159.

唉，当你辛勤备完
越冬的衣食
夏天已悄然来临

160.

我试图用眼睛
证明大海的色泽
天空给予了否定

161.

当我试图和一棵树交好
它希望我的身上
长满绿叶

162.

把风留给火吧
你看，孤独的燃烧者
更需要喝彩

163.

果实望着风中的落叶自吟
我由快乐合成
也由痛苦结晶

164.

是的，微笑没有色彩
但它可以映红
满天云霞

165.

山啊，假如你的头颅
挺得太高
你的脸庞

总会落满风霜

166.

孤寂者，我不愿只见你背影的阴暗
我必须走到你的前面
认识你的光明

167.

蚊子的眼里
没有人性
吸血时
人类只是一种口味

168.

树对草儿说，你只见我如何攀升
却不知晓，我的根
在大地的黑暗中孤独前行

169.

是的，我不躲避寒冷

你看，温暖不能给予
这飘飘的雪花，坚硬的冰

170.

是的，我不悔，当我追寻一片云时
那里有自由和风
当我告别云时
收获了辽阔的天空

171.

哦，当我处处寻觅光的影踪
隐约听见
它在我体内敲响钟声

172.

小心啊，你攫取那么多的真理
可知它是聚光的镜子
照亮你时
也将你灼痛

173.

哈，什么命中注定
只要你愿意相连
两点总能成线

174.

心啊，相信我能到达
宁静就像深深的泉水
我在不停地挖

175.

当我给自己设置了许多律条
才发现
光已在我体内生活

176.

如果你梦想的结局
总是悲剧
那恰是你的现实

177.

在心中，光是一片绿洲
如今光已沉沦
我的世界便扬起了沙尘

178.

我知道，走过这眼前的迷雾
或许是更深的泥潭
但我宁可相信，之后的河流漂着阳光
的船

179.

你不必苛求
祈祷的姿势是否标准
你多问问自己
是否有颗虔诚的心

180.

嘿，龙王，别得意那虔诚的膜拜吧

你若不能满足人们雨水
等待你的将是责骂和吊打

181.

啊，那失去的心
假如找回
会不会变成另一种遗恨

182.

在心灵挖掘永久的甘泉吧
否则你经历的雨水越多
越是加重你的漂泊

183.

莫要失落，梦中那么多美好的虚幻
不可触摸
现实中这破灭的希望
也与那虚幻相伴吧

184.

哈，猪不会明白
人宁可赞美自己的痛苦
却蔑视它的幸福

185.

当你对这个世界无休止地诘问
生命渴望你有一颗
无知的灵魂

186.

奇怪啊，你仅仅将目光
投向当下的脚步
怎么可能走出
光明的前途

187.

瞧，这不同季节的风
多么神气

自以为刮的都是真理

188.

幸运啊，这小小的瓜果
因为苦涩
而躲过了蚊叮虫咬

189.

是的，微笑没有重量
它给予的是力量

190.

当无耻可以成为一种荣誉
良知便随着雨水
冲进阴沟里

191.

他并不高贵
但在那个特殊的场景里
他成为你

生命里的贵人

192.

或许，你这段灰色的路
在说教者眼里
将蜕变成五颜六色

193.

你看，屋檐下的幼苗
瘦弱地生存
竟好过它拥有参天的力

194.

让骄傲的公鸡快乐吧
你不必告诉它最后的归宿

195.

你的行走永不停息
因而，你不能统计
前方

196.

还剩有多少美丽
你超然的灵魂
难以上岸
重新回到船上时
你受到
一朵浪花的讥笑

197.

唉，你的知识
营养过剩
精神便患上
血液病

198.

黑夜里，你好心地送给别人
长明的灯火，却因此让他
蹚过失眠的河

199.

啊，我们终将走向何处

光说，你们恰如水地行走
总有一种力指向归途

200.

在通达光明的路上
你注重自己的行走吧
何必在意装扮的模样呢

201.

啊，生命之旅
每一段路上
都有不同的鲜花与风雨

202.

狼说，羊是会跑的草
草是睡着的羊

203.

光明俘虏黑暗
就有了自己的阴影

204.

红墨水吃掉黑墨水
它却渐渐变黑

205.

枝上，果实渐渐丰满
一旁的叶子，含着笑意
悄然离开，去寻它心中的花蕾了

206.

不要，不要碰那放大的美
它不只让你沉迷
更能让你破碎

207.

小小的池塘
试图容纳风雨
可怜那么小的胸怀
却想成为大海

208.

你呀，仅仅以为天热
就嫌弃妈妈做的棉衣多余

209.

寒冬，小树依然坚持生命的高度
而草儿却放弃了身躯
将生命回缩到泥土里

210.

唉，历史的大餐，不只有过时的菜谱
只怕那过期的食物
让赴宴者中毒

211.

山石迟钝地面对着风寒
而草儿遇见微风
也会敏感地反弹

212.

当你因虚怀而做海
有人却因清高而成山

213.

啊，智者
思想的孤旅中
我们看见了相同的树

214.

跟着前人的脚步
不见我的足迹
但它坚实了行走的路基

215.

我送给大地
一把粮食
回望时
它已还给我丰收的希望

216.

雪花飘飘，谁说它不是在播种呢
春天的幼苗会用遍野的绿
圆它一个洁白的希冀

217.

流水无惧脚下的陷阱
它冲过去
将地缝收编成心腹

218.

当我生命的年轮渐渐丰满时
天空的行云
却没有一丝时间的印痕啊

219.

你看，那给予光热的
仅仅出于习惯
它有所渴求吗

220.

啊，如果我截住这流逝
喷涌而至的未来
会不会涨满世界

221.

当黑夜将光明踩在脚下
我看清了
天空的真相

222.

唉，庸者
你不应高歌平淡的生活
你的生活从未有过波澜啊

223.

莫要相信雷电吧
它要给漆黑的天空
带来光明

但我们仅仅被闪了一下

224.

假如，他的脸上终年展示微笑的阳光
你要小心
他心灵上的风沙

225.

逝者啊，你究竟去了哪儿
满天星辰，都变成了疑问

226.

啊，一座座山啊
就像一个个零
每一次翻越
都会增高我的身影

227.

你在哪里
错过要来的这个地方

你不该，给我留下终生的空白

228.

当人将风霜刻满面庞
大地却将年轮
深埋在土壤里

229.

鸟儿轻轻的翅啊
载不动一片云彩
它却带走了一个季节

230.

你适应了美丽
灵魂将变得甜美
适应了丑恶
灵魂必然堕落

231.

树啊，如果你已倒下

就让藤儿攀附他人吧
它本是依附之物
又何须强求它
挺拔自立呢

232.

历史啊
因扭曲
而鲜活

233.

亲爱的，如果我能比众木
高出许多而不折
我可能不是一棵树
而是一座山

234.

理想啊，请糅进一些杂质吧
你看，在纯净水里
鱼儿也难以生长

235.

你因为牵挂
无法逃离
牵挂原是
生命的重力

236.

抓住它吧
它会下崽
它的名字叫机会

237.

啊，往事
当我老去
你们就像群星
没有远近
只静静地
在我的世界
站成一个平面

238.

其实，我深知
追逐的梦
不过是天边的一道幻景
只是我永远不停地
走近
走近

239.

树儿将青春的剑指向苍天
最后才发觉
仅仅一股风
就将它折断

240.

太阳因孤独
有了一个影子
月亮因孤独
有了一个影子

与我相伴的
就是它们影子合开的那朵花

241.

雨水无论与房屋多么亲密
房屋都不会
让它走进心灵

242.

我将黑暗收起
用内心的光通向你
发现你的内心
也在用光传递

243.

香烟对蜡烛说
我们都为别人燃烧了自己
蜡烛说，可是伴随我的是光明与热泪
伴随你的是毒气与尘灰

244.

我将沉默送给分离
如天空不能把茫茫水汽
表达成雨滴

245.

你山的高度不可逾越
而山脚的路
是你倒下的身影

246.

喷发，一瞬的壮丽
掩盖了它整个黑暗中
的沉默

247.

流水走近悬崖时
也不会停下脚步
它宁可

变成美丽的瀑布

248.

心啊，原来可以像气一样
飘散
又宝石一样
凝结

249.

我将根扎进了大地
而大地
却将根扎进了虚无

250.

护城河里
荷花林立
它们都是魂儿变的
静静的美，充满杀机

251.

寂静的夜空
仿佛永久的思考
而我们总是无言以对

252.

我将嗔怒撒向大地时
明亮的星辰
都变成积怨的眼睛

253.

我感恩地拥抱一棵树
它僵硬的枝
瞬间柔美了

254.

黄昏中
我发现了太阳
对黑暗的渴望

255.

明月
愿与孤寂的夜为伍
夜照亮了它

256.

季节自有行走的方向
它无视
秋雨之后的炎热
春雨之后的寒凉

257.

魂牵梦绕的谜啊
一经揭开
我突然失去一个世界

258.

金子陷进土里
泥土嘲笑它

不能生长庄稼

259.

如何将你忘却啊
拉上窗帘
我试图让光明与我无关

260.

看，玻璃中的花儿争奇斗艳
我的背后
落叶纷飞

261.

那么多虚幻的行走啊
总逃不过
现实的山崖

262.

我的生命等待了整个冬季
而灵魂

一步跨进春天

263.

太阳上山
未曾想过走下山岗
它身后留下的
是白日梦

264.

你呀，只顾舔舐自己的伤口
从未多看一眼
留给别人的疤痕

265.

这可比喻的美好事物
背后的黑暗
深不可测

266.

你把真理编织成一个美丽的圆

不给世界留下一丝缝隙
可知谬误的因子
开始在内部发酵

267.

天空掠夺了江河
再以雨水的形式
向大地施恩

268.

彗星游动着可爱的尾巴
在被行星猎杀的那刻
我听到了相识的惨叫

269.

唉，心如死水的人
他的眼里
流露出腐臭的气息

270.

庸者，那朵浮云
已在我脚下
盘桓千年
你何须拿它炫示呢

271.

孤独者，永生在心灵的天空下
任身外
狼烟四起

272.

珍惜吧，每个人都是你的脚印
珍惜时
它会变成一条好走的路

273.

严冬啊，你让友谊的棉衣
越来越单薄了

它只能躲在温室里
回忆

274.

适应黑暗的视觉
光明
仅是一种虚幻

275.

夕阳
走向沉没的回眸
我看见它的无助

276.

冰啊，我不失落于
你对阳光的拒绝
那么多的冷
需要一点点呈现出柔性

277.

尊者，你登上峰顶的
每一句话都是最高的
但它会慢慢变矮
随着你下行的脚步掉下来

278.

黑夜，自有它温柔的美
你看，万物在它怀中
都陷入迷睡

279.

扔去拐杖时的爬行
是最美的直立行走

280.

当你纠结于雷霆带来的伤害
它已化作云朵
在蓝天下轻歌

281.

此刻，我迎向昨日翡翠般晶莹的你
而你已变作一柄铁锤
埋伏在路口

282.

等待，直到你手打门环
我那喜悦的油灯啊
已渐进枯干

283.

在你的足迹上
风吹来
又吹去
风吹走了风
却吹不走你的气息

284.

一杯水

不足以看见江河的波澜
一杯水
可以品出它的味道

285.

雪啊，你美妙地飘洒
但在人家门前
等待你的却是扫把

286.

虚浮啊，那么多纸糊的财富
最终像坟前的一堆灰土

287.

你受嘲讽热爱的
这微小的一切
在未来
或许可以支撑你的世界

288.

你不必为我的帆喝彩
我自有天边的云霞
和着风的节拍

289.

哦，生命的枯枝
在火焰里
开满花朵

290.

啊，回望找寻之路
雪正给予我的青春
举行隆重的葬礼

291.

屈子啊
当你沉入水底
那又何尝不是一种岸

292.

紧闭门窗的人啊
最终把自己
闷成一只害虫

293.

夕阳西下
鸟儿的翅膀
是我希望的最后一道屏障

294.

暖瓶破损了
它瞪着杯中的冷水
气愤地说，是杯子偷走了温度

295.

我们欢乐时
悲哀悄悄睡了
不知它何时醒来

296.

石碑立在高高的坡上
坡下的烂泥里
滚落着它的同类

297.

我熟悉的那条路老去
它生出的子女
更弯曲了

298.

在你的方向
如果脚印可以发芽
它该长成一条路了

299.

水淹没了路
迷茫时，水说：
来，我带你走

300.

我听见夜的呼叫
它来找我的睡眠
做个伴

301.

你的每个疑问
都垫着你的脚，增加
你的高度

302.

我反射阳光
不是拒绝
是让更多的阴影认识光明

303.

阳光载不动一片落叶
它可以让嫩芽
成为绿叶的样子

304.

小草说，树啊，你总让我仰视
树说，不，是你的标准太低

305.

沃野里，一棵大草
对着贫瘠土地的小树
大喊：加油！

306.

光的一生都在寻找黑暗
不是为了决斗
它们本来就是伴侣啊

307.

当你用绳子把友谊绑在一起
它的美丽
如此遥远

308.

我们睡时
星空醒着
它看得见我们的白日梦

309.

如果你否定每一片绿叶
会把自己变成一截枯枝

310.

你脸上的每一个笑容
都是心灵盛开的花朵

311.

球的脾气遇到硬物之后
它会退后的

312.

如果有人告诉你

天上会掉下馅饼
那是把你当成饼馅了

313.

巨石，为了一片净土
让身下的草儿不得生长
却使无数的虫子繁衍生息

314.

时间的洪流里
快乐，是一片树叶
痛苦，是一块石头

315.

不要相信蜘蛛的眼睛
它以为用网
才可以度过一生

316.

亲爱的，今生你不会降临

可你早已从我的梦里孵出
都化作了真实可见的云啊

317.

平静的湖水即将干涸时
忽然懊悔
既然终要消失
为何不多起一丝波澜呢

318.

我推搁浅的船儿入水
它独自随流水去了

319.

花啊，如果你的美无人欣赏
你是为自己而开

320.

我没有虚度
你看，那片时光的叶子

签上了我的名字

321.

我向鱼儿甩出了诱饵
不知命运的诱饵甩给了谁

322.

花儿对果实说：
孩子，如果我的美丽永恒
你的青春将如何安放

323.

爱呀，你好奇地扒开每一片雪
发现它的底端是污浊的

324.

你引我
走向沼泽
明知你是虚幻的泡沫
我却不忍将你戳破

325.

叶子啊，秋风将近
何必乞求青春呢
你希望丛林的枝头
只有你一抹绿色吗

326.

丑陋的树，一经开满花朵
丑陋的枝，仅仅是一种回忆

327.

旋风无所事事
它所到之处
都飘满了牢骚

328.

你的需求超过自身的重量
时间开始计算
你趴下的命运

329.

猎物逃脱了
猎人没送一句祝福
他的爱淹没在愤怒里

330.

蝴蝶放浪形骸
被挑逗的人面露喜色
飞蛾呢，你不必这样

331.

爱的名义泛滥时
它变成洪水猛兽

332.

阳光未必喜欢透明的事物
它希望从阴影里认识自己

333.

你的自私裹了一层爱的糖衣
所以品味你的人
总觉得苦涩

334.

漫天的沙尘啊
我看见，每一个颗粒
都长着生命的翅膀

335.

路灯被虫子围绕时
甜蜜的赞美
像一场灾难

336.

黑夜蒙上我的眼睛
星星站出来
指给我看天空的真相

337.

你的信仰啊
就像你赠予的食物
没有自己的味道

338.

灯塔习惯于指点迷津
它失明时
身躯与黑暗融为一体

339.

一滴水不能止渴
却能阻止蚂蚁的路

340.

空空的袋子无所作为
它却让散沙成为一体

341.

阳光没有展示色彩
它照耀的花儿五彩缤纷

342.

如果我的语言被迫涂上一层糖衣
不是讨好你的口味
是要医治你的病疾

343.

土地受到夯打时
委屈流泪
它不知要挑起的是房屋的命运

344.

小鸟飞上天空，对大地说：
我终于摆脱你的束缚
大地慈爱地看着它缓缓落下

345.

猎人布置陷阱时
听到猎物对他的赞美
于是他改进了措施

346.

果树怀念花儿时
一截枯枝伸过手来
它想摘些果实
挂在身上

347.

你悲伤桃花随流水而去
更多的嫩芽向你微笑：
看呀，春天才刚刚开始

348.

脚步让荒芜变成了小路
脚步也让小路变得崎岖

349.

小草探出头来，问春风：
冬天死去了吗
不，它去春眠了

350.

翠鸟儿，冬天，你的鸣叫多么单薄
只有乌鸦的叫声
才像一件棉衣

351.

假如时光回转
把成熟放在你青涩的果子里
它会因早熟而烂掉吗

352.

棉衣欢天喜地迎来春天
可是它被当作冬天一伙的
遭到抛弃

353.

春是冬孵化的卵
因而在春娇嫩时
冬不忘殷勤地喂养它

354.

一个轮回，走过了四季
更大的轮回里
我是哪个季节里的一瞬

355.

在轮回里
看不见现实
我切取时空里的一个片段
看见了它的始终

356.

华美的服装无比自信
穿上它

不再生长灰尘
可是不久
它被浸泡在水里

357.

雪地上，陷阱孤独地守望着
一只鸟儿看到了希望

358.

你的爱光鲜亮丽
却没有温度
你给予的是失去

359.

青春啊，踩完欢乐的泡沫
明亮的灯火
已变得微弱了

360.

草儿在舞台上扭动身姿

它喜欢
花瓣飘飘
做它的背景

361.

臭，并非不香
你看，豆腐就非常渴望

362.

你说你爱春天
其实啊，你是要繁殖更多的虫子

363.

瞧，悠扬的琴韵
在你的酒杯里
浸泡成一粒
熟悉的孤独

364.

我并非倒下

只是静静聆听
小草呢喃歌唱
看春天
在天空撒满小鸟

365.

大海为它的辽阔喧哗不止
它看见星空静默不语
于是也敛住了呼吸

366.

树木寒风中挺直了身躯
而折断它的
是温柔的雪花

367.

尊敬的，你在远方
把自己的身影
走成移动的地平线

368.

庸者舍弃灵魂
专注将肉体的生命拉长，拉长
同时拉长它的空虚

369.

走在星空，走在无数面镜子里
每个自己都在问：
你是真的吗

370.

命运有自己的生命
它会活出最好的一面

371.

乌云临终前
向太阳表白
它有一颗彩虹样的灵魂

372.

我把眼前的光
寄给遥远的夜
它会不会失真
变成雾霭

373.

月亮走在城市的上空
多余得
像个在外拾荒的老人

374.

夜空，乌云亮了
我知道那是月儿在走路

375.

路面愉快地回应着脚步
它需要踩
来证明存在

376.

你的笑容像花儿一样
可是花儿的笑容
却没有那么多成分

377.

你看中了树梢上的一个果子
就掰断了整个树枝

378.

你从不懂得止步
于是石头砸向你伸向前面的脚

379.

塑料花儿争奇斗艳
惹得游人驻足
蜂儿绕过去
径直飞走了

380.

回望来时的路
在遥远的开始
仿佛是另一个未来

381.

知音啊，相遇时
你的时空已走向终点

382.

亲爱的，迷失时，你的身影
就像一个极点
所有的方向都从你那儿出发

383.

果实被摘下，它问：
在你心中，我还有那样的高度吗
它听到回答：
除非你还爬上枝去

384.

你不懈地走着，走着
将那些短跑的人
远远撇在身后

385.

别了，枯枝
我正要砍去
听见它的背后
一群嫩芽在牙牙学语

386.

抚摸疤痕
没有一丝疼痛
它的痛在记忆的肌肉里

387.

你将金币撒进水里
鱼儿不吃

它鄙视你的吝啬

388.

月亮没有刻意追求完满的命运
它让自己变得残缺些
好让星星露些脸

389.

太阳以驱散黑暗的名义
扼杀了所有星光

390.

你被推入水中时
捡到一箱财宝
只听岸上说，看，你该谢我

391.

狮子将羚羊的幼崽
抓给自己孩子玩耍
它对另一种母爱无动于衷

392.

硝烟里，爱与恨
像两根拐杖
拄着生命前行

393.

你赠予的都是别人的东西
你自己的
都好好珍藏着

394.

不是谁都喜欢你的洁净
莲藕说
它喜爱污泥

395.

你活在梦里
梦可以随时醒来
你却不能轻易入睡

396.

你对溺水者冷眼旁观
却要他拒绝伸过来的手

397.

每一步，你都换双鞋子
你走出的是多么奇怪的路啊

398.

是啊，风儿不顺时
你埋怨它转变了方向
要是路转弯了呢

399.

你身后的爱呀，紧闭双眼
你被推到崖边时
它也不肯放弃努力

400.

你一定颠倒了方位
明明站在下面
却告诉别人山顶有多少风光

401.

友谊的双手啊
仅因一个话语的分叉
挣开了

402.

你倾其所有，献给沙漠一次雨水
当你欣喜生命竞相绽放
可曾预见它的枯萎

403.

前方的路啊
都是岔路的子孙
选择哪条，都像捷径

404.

何须寻找前世的荣辱呢
多看看现在的样子吧

405.

乌云允诺给禾苗丰沛的雨水
甚至雷声也重复了多回
但风不这么想

406.

麦粒啊，莫急
在磨盘上转得久了
总有变成白面的时候

407.

或许，睡梦可以抚平伤痛
逝者啊，这一生是不是有太多的痛
于是，就用永恒来入梦

408.

聪明的，你高举的旗号倒下时
你上去踩了一脚

409.

你掉进陷阱
伸过来的手
不是拉你
而是指责你不长眼睛

410.

光明啊，入眠的人
因你而拉上窗帘

411.

天空有天空的规则
你想飞
就自己长出翅膀

412.

安静的砂石
因忠诚于狂风
变成了打手

413.

经风历雨的树啊
最终毁在一个虫子手里

414.

你羡慕鸟儿自由地飞翔
可是它的脚下已布满巨网

415.

亲爱的，莫非我们体内有不同的时空
一起走着走着
你就在一个点上消失了

416.

在记忆的深水里
与你不舍分离
可你像一个泡沫
刚出水面就破灭了

417.

想入非非时
鸟儿讥讽我没有翅膀
可是，你看云朵也没有翅啊
所以它不会掉下来

418.

当听说机会是个兔子
你就把自己打扮成一根木桩的样子

419.

礁石阻止海水的吟唱
但它的阻止变成激昂的伴奏

420.

友谊如一个瓷器
何须故意丢在地面
测试它的硬度呢

421.

藤啊，你依存着别人的身躯
却还怨怼它比不过别处的高枝

422.

善良的，你给予太多时
总让人觉得你似有所欠

423.

你所说的情义
是从别人那里索要好处时
从不手软吗

424.

纸片被风儿扔回地面时
才晓得，牵扯风筝的线儿
原来是搀扶的手

425.

风啊，好好喂养
风筝是天空胎盘里的宝宝
那些鸟儿都是它的前世

426.

你进了笼子
还招呼别人进来
你相信关进笼子里的都是爱

427.

你的心灵弥漫着夜色
对哪怕一点有光的事物
都充满警惕

428.

你说你内心柔软
但那么多的毒液脱口而出
它不是发自内心吗

429.

臭虫飞来飞去
遭人嫌弃
但它相信只要足够臭
就能出人头地

430.

旗袍以为自己的美无所不能
但在严冬里
遭到一件破棉衣的唾弃

431.

花儿丢失一片花瓣
它怀疑整个春天都在偷窃

432.

蜜蜂说，花儿，我爱你
花儿笑逐颜开
虫子说，花儿，我爱你
顿时花容失色

433.

杯子里的水学着大海的口气说：
我可以包容一片天空
但它一口就被喝干了

434.

蜜蜂自会寻找天地
它没有沿着你指引的方向
却躲过一场风雨

435.

你最终收获的
虽是一枚小小的果实

可它背后的隐喻无比硕大

436.

海是个婴儿
饥饿时大声哭叫
可是大地没有足够的奶水
终于它含着月亮的奶嘴睡着了

437.

你不相信自己的身躯
在巨人的肩上
最终把自己趴成一个矮子

438.

蚊子久久附在墙壁
不是修禅
它的翅再也载不动喝血的嘴巴

439.

小草问树儿，为什么要争呢

树儿说，我缺少被踩的勇气

440.

刀砍出缺口依然是锋利的
瓷啊，你不必羡慕
无故承受一个缺口的痛

441.

你生命的轨迹
似道道山峰
你只被关注曾有过的高度
却被无视
如何在山谷里爬行

442.

土地累了，你想让它歇会
可是，不长庄稼的土地
长满了心爱的小草

443.

我亲爱的庄稼，油油的
像个孩子要我拥抱
混在它们中间
我像一棵大草

444.

春天的院落里
鸟儿各自欢唱
鹦鹉不停地学起狗吠
它想这样可以引领旋律

445.

窗外，阳光明媚
台灯却要感受存在
为了照顾它的自尊
我拉上了窗帘

446.

孩子，我可以背起你的双脚
却背不走你的路啊

447.

把走过的路儿谱成曲儿
我不渴望它有激昂的乐音
只希望在平缓中
能闪现几处灵动与新奇

448.

我能接受
时间一点一点改变你的容颜
可是不敢相信啊
它会带走你

449.

诗歌是鸟儿，在天上飞
小鸡说，我也是诗啊

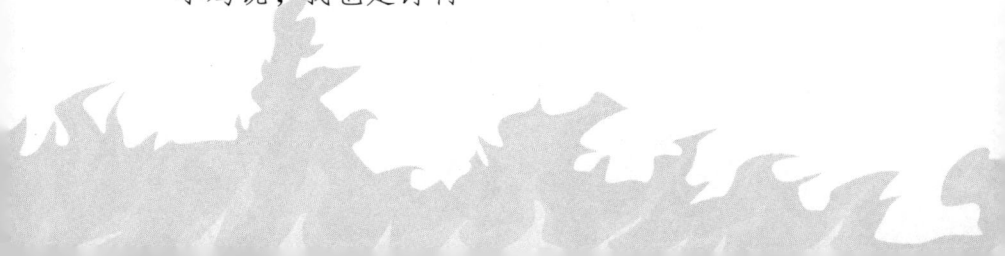

于是它飞出一小段距离

450.

你像一根刺儿
卡在别人的喉咙口里
你说你喜欢这样

451.

离开这份友谊吧
当听到你的佳音时
它难过地流下了眼泪

452.

石头挡住去路
你反复劝说
后来发现
原来可以简单地把它搬去

453.

小草号召同伴看那棵树：

瞧啊，这丑陋的偶像
它在秋风里吓得抖落了叶子

454.

是啊，落叶也可以摆出洒脱的样子
跟着风儿溜来溜去
最后被扫进垃圾堆里

455.

你从不给群山一声问候
却想让群山
为你响起连绵的回声

456.

夜啊，阴森森的是你的面具吗
我看见你捧着一根蜡烛
婴儿一样地抚爱着

457.

杯子啊，如果一滴水

就让你感动得流泪
只怕一滴水
也会让你愤怒地把自己摔碎

458.

不是我不愿回应
你像一个风铃
什么风儿都能让你发出响声

459.

黄昏留下的承诺
一定与光明无关
它是黑暗的近亲啊

460.

哀怨的人，把苦恼养成一个宠物
经常寄放在别人那里

461.

如果有人清醒地

欣赏着你的醉态
他一定是以友情的名义

462.

鼠引给你的平台
一定是鼠窝
即便不是
你也被看作鼠辈

463.

你的快乐休眠成性
你需不断用针
才能将它唤醒

464.

看哪，让你无欲无求的人
正把你兜里的钱
转到他自己的口袋里

465.

空虚者将一片浮云
装进心里
布道时
俨然有了底气

466.

万花筒里装满垃圾
你整日里盯着
欣赏什么美呢

467.

你无条件地原谅了罪恶
你的善看起来
更像恶的帮凶

468.

空虚者，你看
猪泡在腥臭的泥水里

多么惬意

469.

顽石啊，你可以挡住
流水的去路
却不能左右它的方向

470.

春风拍开你的窗门
苍蝇跟着溜进去
想窥探你藏了多少隐私

471.

索道啊，我不能丢下心儿不管
它硬拉着我的脚
希望自己往上挪

472.

生命带不走一丝光
就让生命变作它吧

473.

生命里的爱人啊
如洋葱紧紧包裹
时间一页一页将它剥去

474.

狼说，羊啊，请开门
看我给你送来鲜美的青草
羊拒绝时
狼气愤地说，多么愚蠢啊

475.

你绅士、儒雅，不同于你的鹦鹉
它张口就飙出脏话

476.

悬崖边，路变作小鸟飞走了
那是路死后的灵魂

477.

鱼儿跃出水面
潇洒的舞姿赢得一片喝彩
但它飞到了岸上

478.

你知道自己长不出翅膀
就让自己跑得快些
快得像飞一样

479.

树也害怕孤单
它看见同类
绿都亮了

480.

飞虫说，为什么人的眼里
只有鸟儿在翩翩起舞
却不知天空本来是虫子的

481.

嘴里吐蜜的人
心里长着一窝蜜蜂

482.

你回首往事
遭到阻止
他试图让你在疤痕上涂满口红

483.

无数次的轮回
这一草一木都是前世的亲人
而仇怨已化作滋养它的泥土

484.

爱，尘封得太久
打开时，它如一瓶挥发的老酒
空空的瓶子
还贴着醒目的标签

485.

你走下来
从山顶到山脚
你需等一等
等着心也慢慢走下来

486.

你眼含热泪，说这里是你熟悉的景色
可是，问问一草一木
都说你是个陌生人

487.

你把友谊像刀一样地磨来磨去
它锋利时
就卷刃了

488.

善问：
"心啊，为何你变得那样冰冷？"

心说：
"善啊，因为迷雾遮住了你的面容！"

489.

咦，乌鸦向百灵指点
歌唱的技巧
世界瞬间无声了

490.

云儿为什么要化作七彩呢
那是我用七个梦想
才换取一缕阳光啊

491.

你有限的皮囊被鼓吹起来
它飘得越高
就越害怕尖锐的东西

492.

雪啊，你粉饰的世界

如果不被阳光戳穿
谁又能否认它的圣洁呢

493.

冬临行前，看见春花枝招展
微笑说："我还会再来的
世界需要一个恶的名义来收场！"

494.

那闪电啊，是我植在云中的树
抖落的雨水，是我献给大地的果实

495.

朽木被架上梁时
还觉得自己有用
它没有发现
房子厌世的心情

496.

假货自怜地说：我是美的化身啊

但它气恼地发现
最先遭到抛弃的
是它美的部分

497.

母鸡交代扫把说：
小心点啊，你不知晓这垃圾
曾经多么美丽

498.

一粒星光
可以将夕阳逼下山去
一片薄云
也足以遮蔽最亮的星光

499.

每片叶子，都记录着自己的一生
翻看它的笔记
像是交给世界的答卷

500.

海洋说，它有数不清的浪花
大地说，它有数不清的小道
天空不语，它将满天星辰
都化作了火苗

附录

用诗的火苗照亮人类精神的夜空

——读宫蔚国诗集《火苗集》

姚国建 / 文

初读宫蔚国的诗集《火苗集》，我感到很意外——这部由 500 首小诗构成的诗集，仿佛一种久违的诗歌形式，久违的诗意呈现，久违的心灵倾诉……它使我想到日本的俳句、泰戈尔的《飞鸟集》、冰心的《繁星》与《春水》、宗白华的《流云》、俞平伯的《冬夜》等。这类"小诗"的写作在 20 世纪 20 年代曾成为"风靡一时的诗歌体裁""新诗坛上的宠儿"[1]，但又很快被淹没于时代的风雨，被新的写作需求、新的表现形式所取代。20 世纪 80 年代以来，就有诗人写出很有影响的小诗，如韩瀚的《重量》、顾城的《一代人》、昌耀的《斯人》、孔孚的《高原夜》、桑恒昌的《人生十字架》等，但像宫蔚国这样长期坚持小诗写作，十年磨一剑地写出《火苗集》，实为罕见，也十分难得。阅读之余，我也在思考：作为《淮风》诗刊的主编，他却为何独立于诗坛的喧闹之外，甘于寂寞，始终不渝地写作这些在别人看来很不起眼，很难引起诗坛瞩目的小诗呢？其写作缘由是什么？我们又该怎样看待他的小诗创作，怎样评估其诗歌价值？正当我陷入思考之际，2017 年 5 月 28 日上午，宫蔚国来我校参加一个学术活动。下午，我约他在我的办公室里，和他进行了一次不是访谈的访谈，我们面对面地谈人生，谈诗坛，谈诗歌现状，谈他的人生经历，谈他办诗刊的艺术追求，谈他的诗歌写作与诗歌理想……将近三个小时的谈话，使我对这位年轻诗人有了更多的了解，也有利于我更好地理解《火苗集》的写作动因、思想内涵和艺术特征。这里，我想结合其办诗刊经历以及对诗集《火苗集》的阅读情况，对其诗歌追求、诗歌特征做些初步探讨。

一、虔诚的爱诗之心，纯正的诗歌追求

宫蔚国是一位尊重诗、虔诚爱诗、甘愿为诗付出大量心血的诗人。这主要从他的文化教育背景、他为《淮风》诗刊的付出、他的创作态度与诗歌观等几个大的方面来看。

宫蔚国是蚌埠市怀远县人，是喝着淮河水长大的。他的家乡有着悠久的历史和深厚的文化积淀，素有"禹会诸侯地，淮上明珠城"之称。那里有闻名遐迩的白乳泉、卞和洞、望淮塔、大禹塑像。怀远是全国著名的石榴之乡、花鼓灯之乡，也是颇有影响的诗歌之乡。《吕氏春秋·音初篇》中记载禹时涂山氏之女娇所唱出的"候人兮猗"，被学界认为是中国的第一首情诗，其被"候"的就是闻名天下的治水英雄大禹。长期以来，重视文化、重视诗歌是该县的优良传统。近些年来，怀远活跃着一批爱诗、写诗的年轻人，宫蔚国算是其中的一个。他从中学时代就开始写诗，考入大学，读的也是中文专业，更是把写诗当作自己最高的精神追求。原《诗刊》编辑、退休后居于怀远县城的老诗人刘钦贤先生于1987年创办了民办诗刊《淮风》。这份受到冰心、臧克家、贺敬之、张锲、谢冕等名家好评的诗刊，为倡导"中国的现代诗、现代的中国诗"、发现和推举年轻诗人做出了重要贡献，受到诗界广泛关注和赞赏。但外界很少知道，自办一份刊物是何等艰难，刘钦贤先生为此付出了他晚年的全部精力和家资。我自己做过十多年的《中国写作报》总编辑，深知办报刊

的诸多难处和艰辛。没有强烈的责任意识、开拓精神和呕心沥血的付出，是无法担此重任的。宫蔚国从2007年就开始协助刘钦贤先生编辑《淮风》诗刊。刘先生停办后，《淮风》诗刊面临生死存亡。年轻诗人宫蔚国出于对诗的忠诚和责任，于2010年1月毅然接过刘先生的诗刊接力棒，将主编的责任扛在自己的肩头——《淮风》诗刊需要自筹经费、自管编务、自主印刷、自办发行，这就意味着宫蔚国从此要与《淮风》诗刊相依为命，全力以赴，倾心付出。令人惊喜的是，《淮风》经过宫蔚国的一番重组，一番打拼，一番开拓，竟然办得有声有色，风生水起。这份每季一期的诗刊，经过宫蔚国的努力，在栏目策划、选稿标准、发稿范围、装帧设计、印刷质量等方面，都有显著的改进和提升，其中有些相对固定的栏目，如"主题诗会""中国现代诗群大展""淮上诗丛""青春校园""乡土恋歌""亲情咏唱""情诗广场"等，都是广大读者十分喜欢的特色栏目。可以说，他主编的《淮风》，已成为立足地方、面向全国、特色鲜明、影响深远的民间诗刊。更为难得的是，宫蔚国主编的《淮风》完全以发表好诗、推举新诗人、推动中国新诗发展为目的，刊物都是免费向全国广大诗歌作者、读者及相关机构赠阅。他在办刊物时严格要求自己和自己的团队，从不借办《淮风》谋取个人的私利和"诗"利。他把办好《淮风》诗刊当成一项公益事业来做，十多年来倾注了大量的精力和心血，放弃了自己的很多追求和写作。如果没有一颗对诗的赤子之心，谁愿意为"诗"做这样的付出？！

我之所以说到宫蔚国与《淮风》诗刊的关系，是因为这与他的诗歌理想、诗歌观念、诗歌写作有着密切的关系。他说过，对于写诗、办《淮风》诗刊，他"有着传道般的虔诚"。他认为，诗是直接影响人的精神世界与灵魂的艺术，诗人应当是人类精神火炬的创造者和传递者。诗人要用生命来写作，要有燃自内心的激情和思想，每一首诗都要发出自己的光，写出的诗要像冬天的火苗那样给人的心灵带来温暖和光明——这也是他将诗集取名为《火苗集》的缘由。他告诉我，他的诗歌观是"抒情、言志、无邪、有味"，这在有些人看来很传统但却纯正质朴的诗歌观，他却始终坚守并身体力行。在他看来，在当下做一个真正的诗人很不容易，要勇于抵抗各种诱惑与喧闹，甘于寂寞，让心沉静下来，穿越现实，更多地关注自然、人类、社会、宇宙的大问题，对社会发展趋向、现实的弊端、人性的善恶、人类灵魂的皈依等进行探索和追问。为此，他追求唯美与哲思相融的写作境界。在工作之余，他常常喜欢凝思外物，沉浸内心，敏锐捕捉外物与内心碰撞的火花，并及时将这些火花转化为一束束诗的火苗，去照亮人类精神的夜空。由此可以看出，他是一位有着坚定的诗歌信仰、写作动机纯正、写作态度认真的诗人。

二、穿越现实的冥想，多维探索的哲思

读宫蔚国的诗，一个突出的感觉，是进入了他开辟的异常广阔的思维空间。他的诗思之鸟，在这里盘旋于自然、社会、人类与宇宙之间，翱翔于历史、文化、现实与未来之间，左冲右突，上天入地，仰叩苍天，俯察人寰，追问命运，畅想未来……似乎无所不及，无所不思。可见他是一个长于奇思冥想，善于从多维视角去探索、去发现，并能迅速抓摄富有意味的瞬间，将其凝聚为哲思的诗人。他在冥想时的思维方式是开放的、活跃的，甚至是异端的，充满探索精神和创新欲望，不受任何框框的束缚，不做任何现成思想的传声筒。同时，他的冥想又不同于完全逃避现实的空想、幻想或妄想，而是穿越现实的冥想，是一种源于现实的感悟又包孕独立见解的沉思，是一种经过生命、情感和心灵转化而升华的饱含哲理的艺术发现。在这里，我之所以用"穿越"一词而没有用"超越"一

词，来概括宫蔚国的冥想特征与诗歌生成特征，是源自文艺理论家吴炫教授的观点。他认为，穿越现实"是指利用现实之材料来建立一个和现实不同的非现实世界，这个世界既不服务于现实，也不优于现实，不对抗现实，当然也不低于现实，而是给不得不生活在现实中的人类以不同的'心灵依托'"。[2] 这和宫蔚国强调诗歌要给人带去光明和温暖，为人类提供精神慰藉是一致的。但如何"穿越现实"，在更高的境界上进行冥想，以便将瞬间冥想转化为包孕哲理的诗意表达呢？在吴炫教授看来，文学作为个体化世界，必须要经过三种"穿越"，才能有效实现高度个性化的艺术创造：其一，是对现实的穿越，"以便建立起自己的政治见解、道德观念、审美理想和哲学思想"；其二，是"穿越包括欲望、快乐、亲情、温情、食色在内的世俗现实，以解决作家"个体化世界"中的"表现内容形态"问题（以"保证新内容的生成"）；其三，是"穿越既定的文学现实"，以解决"个体化世界"中的结构、形象等"表现形态"问题。[3] 宫蔚国的冥想及诗歌写作是经过了这三种"穿越"抵达了个体独创的艺术境界的。第一，他的冥想及诗歌写作穿越了文化现实的存在现状、流行方式、思维模式与言说方式，远离那些喧嚣一时、盛行一时、红极一时的诸多怪相，并且更多地由外察转向内省，潜于内心深处，冥想和思考那些涉及自然、社会、宇宙和人类的更重要的命题，探索更具永恒性和启迪性的精神价值观，用他自己的诗句来形容，就是"在心灵挖掘永久的甘泉"（第一百八十二首），以便获得他自己的人生发现，形成他自己独特的自然观、社会观、生活观、人生观、宇宙观，写出颇有情味、意味和哲理特色的诗歌。第二，他的冥想及诗歌写作穿越了世俗现实，不拘泥于个人经历、一己悲欢，不跟踪社会焦点、重大事件、生活热点等，不抒写那些个人化、世俗化的日常生活，更远离诗坛那些"欲望化""肉体化""粗鄙化""殖民化"写作，而是像诗人于坚所言"像上帝一样思考，像市民一样生活"，专注自己所要探索的有关社会、人生、自然、宇宙以及人类未来等命题进行冥想和写作，以实现写作内容的个体化与创造性。第三，他在冥想、构思和写作过程中，十分注重"穿越既定的文学现实"，在立意、选象、结构、表现手法、语言运用等方面与已有的小诗有区别，以实现个体化的艺术表现。例如，他读过泰戈尔的《飞鸟集》、冰心的《繁星》与《春水》，也受到其启发。但在冥想、构思和写作自己的小诗时，他与他们有着显著的不同。泰戈尔写作《飞鸟集》时已获诺贝尔文学奖，功成名就，影响巨大。其时他在日本访问，受到日本俳句的影响，并在日记中由衷赞美日本俳句："这些人的心灵像清澈的溪流一样无声无息，像湖水一样宁静。迄今，我所听到的一些诗篇都是如优美的画，而不是歌。""他应（日本）男女青年的要求，在他们的扇子或签名簿上写上一些东西，……这些零星的词句或短文，后来收集成册，以题为《迷途之鸟》（现译成《飞鸟集》和《习作》出版）"[4]因而，泰戈尔在写作《飞鸟集》诗，他的心态是宁静、平和、超然的，其诗的立意、选象、结构、语言等也都是自然、清新、优美的，带有浓郁的宗教氛围和灵思慧悟般的哲思色彩。而宫蔚国在写作《火苗集》期间，正值中国社会发生深刻变革，在市场经济大潮的影响下，中西方文化相互碰撞，各种思潮、各种诗歌观都不断涌现，各种生存方式相互角逐，人的内心充满惶恐、焦虑和不安。人们在惶恐中思考，在思考中探索，试图在风云激荡的年代找到自己心灵的归宿，把握自己人生的航向。执着于用诗来帮自己也帮别人解疑答惑、指点迷津的宫蔚国，在构思和写作时，心态有时是急迫的、焦虑的，充满追问和反思，因而他在诗的立意、选象、结构、语言表达上，都呈现出纷繁、驳杂、多变、灵动、犀利等特征，总体艺术风貌上更具现代性，精神内涵上更具忧患意识和批判精神。冰心写《繁星》与《春水》时才二十多岁，心地单纯，生活阅历有限，写作主题主要集中在对母爱与童真的歌颂、对大自然的崇拜和赞颂、对人生的思考与感悟三个方面。相比而言，宫蔚国的年龄、所处时代、生活历练、个人理想、诗歌追求等都有较大的不同，其写作的诸多差异也就自然显现。

宫蔚国善于通过穿越现实的冥想，获得某种瞬间的顿悟和发现，并迅速借助意象的创造将这样的瞬间凝聚为饱含情味和哲思的诗篇。他的诗常常是外物与心灵的偶然碰撞或巧妙遇合而形成，是物、情、意的有机融合，呈现出抒情与哲理的高度统一。宫蔚国两度去北京大学哲学系读书和访学，对其偏爱哲思、写诗偏重哲理也有一定影响。他的思考是全方位、多视角的，涉及广泛的精神领域和众多人生话题。其中给人印象最深的有以下几个方面。

1.对现实存在的深刻反思。这些反思有的触及诗人刻骨铭心的历史记忆，以简约含蓄、令人震撼的意象折射出来，一针见血地揭示其本质所在。如："太阳以驱散黑暗的名义 / 扼杀了所有星光"（第三百八十九首），读到这样的诗句，能体会其沉重的思考和犀利的表达。有的涉及对"真理"的认识以及某种存在的反思。如："当我以为在真理的路上 / 走出很远 / 却发现在原地上 / 多转了几个圈"（第一百二十四首），"真理啊，就像我手中的泥巴 / 在不同的时光 / 被捏成不同的形象"（第一百三十六首），"瞧，这不同季节的风 / 多么神气 / 自以为刮的都是真理"（第一百八十七首）。这些不同角度的观照和反思，穿透事物的表象，直击事物的本质，渗透着历史的教训，闪射出冷峻的思想锋芒。宫蔚国以简短有力的诗句表达了极其宝贵的历史经验，读来令人深思和警醒。有的表面看起来是对自然现象的观察和反思，但其中渗透着诗人强烈的主观色彩和社会意识，寄寓着诗人对现实体验的严肃思考和独特发现。如："莫要相信雷电吧／它要给漆黑的天空／带来光明／但我们仅仅被闪了一下"（第二百二十三首），"雷电啊／我们渴求的光明／变得那样可怕／是因你不幸作了黑暗的先锋"（第八十五首），诗从逆向审视，形象地揭示出曾经有多少"相信"和"渴求"的心灵，被某种假象欺骗造成了伤害，读后有着痛定思痛的效果。"光明俘虏黑暗／就有了自己的阴影"（第二百零三首），"天空给星辰以明亮／不是要它来炫耀光芒／而是默默承受黑暗的重量"（第一百五十八首），"阳光未必喜欢透明的事物／它希望从阴影里认识自己"（第三百三十二首），"没有谁／愿意成为黑暗的象征／很多时候／黑暗也自诩为光明的一种"（第十三首），"火啊，你不可以替代阳光／纵然你给予了许多温暖／却不能给予养料和生长"（第一百零九首），这些饱含哲理的诗句，出自诗人的慧心独悟，是诗人独立思考的艺术结晶，一反前人的诗意表达，充分体现现代诗的创新思维和创意表达。有的涉及对人的蜕变、人性弱点的反思。如："唉，就在众口颂扬之时／你那高高的权威／变异成一座可怕的塔"（第三十六首），"尊者，你登上峰顶的／每一句话都是最高的／但它会慢慢变矮／随着你下行的脚步掉下来"（第二百七十七首），"你从不给群山一声问候／却想让群山／为你响起连绵的回声"（第四百五十五首），"假如，他的脸上终年展示微笑的阳光／你要小心／他心灵上的风沙"（第二百二十四首），"嘴里吐蜜的人／心里长着一窝蜜蜂"（第四百八十一首），"你无条件地原谅了罪恶／你的善看起来／更像恶的帮凶"（第四百六十七首），"你说你内心柔软／但那么多的毒液脱口而出／它不是发自内心吗"（第四百二十八首），"你所说的情义／是从别人那里索要好处时／从不手软吗"（第四百二十三首），"不是我不愿回应／你像一个风铃／什么风儿都能让你发出响声"（第四百五十八首），"爱的名义泛滥时／

它变成洪水猛兽"（第三百三十一首），这些诗饱含着诗人对人的深刻洞察，对人的变异性、多面性的犀利解剖，凝聚着宝贵的人生经验，读来令人深思，引人警觉。

2.对人生体验的独特感悟。宫蔚国写得最多的诗，是对人、生命、生活的感悟与沉思。这类诗涉及精神层面极广，无论是直接抒写，还是借端托喻，都饱含着诗人独特的体验、睿智的哲思。其中，有的涉及对人的认识，对人生的体验与思考。如："在阳光下看货 / 在月光下看人"（第七十一首）、"把风留给火吧 / 你看，孤独的燃烧者 / 更需要喝彩"（第一百六十二首）、"雪光里 / 你一个善意的谎言 / 成为我整个冬季的炭火"（第五十五首）、"他并不高贵 / 但在那个特殊的场景里 / 他成为你 / 生命里的贵人"（第一百九十一首）、"船的位高 / 从赞美水的深度 / 开始"（第一百一十五首）、"如果你的微笑里 / 可以藏刀 / 就会有人刺杀你的微笑"（第三十五首）、"善良的，你给予太多时 / 总让人觉得你似有所欠"（第四百二十二首）、"有时，你那么多冰冷的语言的刀锋 / 竟抵不上一滴泪水的 / 锋利"（第一百四十二首）、"你看，一次成功越轨的经验 / 终于让第二次覆灭"（第一百四十首）等，这些诗句体察入微，见微知著，是人生经验的自然升华，容易唤起我们的联想和深思。有的托物言志，抒写人生梦想与追求。如："雪花一旦失去梦想 / 就不再有翩跹的舞姿 / 只会和尘土一起 / 化作了污泥"（第五十二首）、"土地啊，我的种子不怕坚硬 / 它会永久地等待 / 直到变作一粒化石 / 也要挺成突破的身姿"（第一百零六首）、"太阳坚持每天的行走 / 它并未在意 / 天空没有留下它的足迹"（第五十七首）等，这种坚守梦想、执着追求、敢于突破的精神，正是当下不可或缺的精神动力，其中太阳"坚持每天的行走"，"并未在意""天空没有留下它的足迹"，是对更豁达的胸怀、更高的人生境界的赞美和期许。有的以情理交融、饱含哲理的诗句，去启迪、激励人们树立乐观向上、积极进取的人生观、生活观、命运观。比如，"坚持吧，别舍弃你沉重的岁月／它会在你的将来／蝉蜕出有力的翅膀"（第五十六首）、"你不相信自己的身躯／在巨人的肩上／最终把自己趴成一个矮子"（第四百三十七首）、"别总躲在树下吧／那会让树觉得／人也是一块木头"（第一百一十八首）、"没有阴影／是因你选择了星光／假如走向太阳／你的阴影会将你照亮"（第一百一十二首）、"奇怪啊，你仅仅将目光／投向当下的脚步／怎么可能走出／光明的前途"（第一百八十六首）、"孩子，我可以背起你的双脚／却背不走你的路啊"（第四百四十六首）、"何必总对生活阐释呢／你会发现阐释过的生活／早已褪色"（第一百五十七首）、"命运有自己的生命／它会活出最好的一面"（第三百七十首）。有的涉及对爱情的体验和思考。比如，"唉，你那轻轻一诺／怎会化成一座山／要我用今生去攀"（第十九首）、"如果你决意为水／我愿做你／今生行走的岸"（第二十七首）、"亲爱的，迷失时，你的身影／就像一个极点／所有的方向都从你那儿出发"（第三百八十二首）、"你的爱光鲜亮丽／却没有温度／你给予的是失去"（第三百五十八首）"爱的名义泛滥时／它变成洪水猛兽"（第三百三十一首）。有的是对友谊的新体验、新思考。比如，"友谊如一个瓷器／何须故意丢在地面／测试它的硬度呢"（第四百二十首）、"你把友谊像刀一样地磨来磨去／它锋利时／就卷刃了"（第四百八十七首），这些饱含哲理的诗句对人们正确认识友谊、爱护友谊大有裨益。

3. 对生活现象的理性解剖。宫蔚国敏于观察，勤于思考，敢于对生活中的怪现象进行大胆解剖，并且以诗的形式给予最凝练、最含蓄的表达。这类诗的写作，有的直击现象、揭示本质。如："当无耻可以成为一种荣誉／良知便随着雨水／冲进阴沟里"（第一百九十首）、"看哪，让你无欲无求的人／正把你兜里的钱／转到他自己的口袋里"（第四百六十四首）、"或许，你这段灰色的路／在说教者眼里／将蜕变成五颜六色"（第一百九十二首）、"魂牵梦绕的谜啊／一经揭开／我突然失去一个世界"（第二百五十七首）。有的独创意象，借象表意。如："唉，你看这些鸟儿／美丽的都进了笼子／丑陋的却获得了自由"（第一百三十首）、"天空掠夺了江河／再以雨水的形式／向大地施恩"（第二百六十七首）、"乌云允诺给禾苗丰沛的雨水／甚至雷声也重复了多回／但风不这么想"（第四百零五首）、"路灯被虫子围绕时／甜蜜的赞美／像一场灾难"（第三百三十五首）、"经风历雨的树啊／最终毁在一个虫子手里"（第四百一十三首）、"臭虫飞来飞去／遭人嫌弃／但它相信只要足够臭／就能出人头地"（第四百二十九首）等，这些诗从不同的角度针砭现实的弊端，揭示人性的弱点，闪射出强烈的忧患意识和批判锋芒，读后容易引起人们的深思和警醒。

此外，宫蔚国的思考还具有很强的超现实性，进入更为广阔的精神空间。其中，有的是对人与自然关系的思考，如"当我试图和一棵树交好／它希望我的身上／长满绿叶"（第一百六十一首）；有的是对生命去向的追问，对人类未来的牵挂。如："哦，原野／这云，这风／蝴蝶，花草／千年以后／我是哪个符号"（第九十八首）、"我不知／这盛宴，在我消受的时刻／是否已留给了未来"（第一百一十一首）。有的是对宇宙、历史的关注和思考。如："你看，那个遥远的星球／或许曾是我们的家／许多年前，我们也从那里望着"（第一百二十八首）、"哦，这坚实的大地／当我骄傲地立于其上／却发现它在宇宙中／孤零地漂浮着"（第一百五十一首）、"唉，历史的大餐，不只有过时的菜谱／只怕那过期的食物／让赴宴者中毒"（第二百一十首）。

三、以象寓意的架构，灵动多样的诗美

写作哲理诗，尤其是小型哲理诗，如何写出诗味、体现诗美，

让它与格言、警句、名人名言等明显区分开来，是对诗人综合素养、写作态度、创造能力与诗艺功力的严峻考验。如果诗人不能充分认识其写作难度，轻易为之，稍有不慎，或者思维拘谨、构思落入俗套、想象力贫乏、格局狭小、境界缺失、语言干巴，都会直接扼杀诗美，导致诗性丧失、诗味全无。像宫蔚国这样长期地写作哲理小诗，其面临的挑战更是明显。好在他开始写作这类诗时就注意到这一点，并且着力在意象创造、结构布局、境界创造、语言凝练等方面下功夫，以强化诗的审美功能和表现功能，力求诗歌呈现出诗小格局大、象约意蕴丰、言简留白多的特点。具体而言，他采用的艺术方式主要有如下几点。

1.以象寓意的架构。诗是形象含蓄的艺术，诗人所要表达的情感和思想，无论多么独特和深刻，都只有通过艺术想象创造出新奇陌生的意象，将思想感情寄寓其中，做到以象寓意，含蓄地暗示给读者，让读者自己去感悟。宫蔚国在写作哲理小诗时，始终遵循这一诗歌创作规律，在诗的艺术架构上，十分注意意象的创造，并通过意象的精心组合形成诗的意境，以意境去吸引读者，激活读者的审美感知力、想象力、联想力和思考力，以便调动自己的人生积累和艺术经验，更好地领悟其中深邃的寓意。如："乌云临终前／向太阳表白／它有一颗彩虹样的灵魂"（第三百七十一首），拟人化的意象组合，构成了具有象征性的意境，寄寓着诗人对某类人格的深刻洞察与形象写照。"大海为它的辽阔喧哗不止／它看见星空静默不语／于是也敛住了呼吸"（第三百六十五首），"大海"与"星空"、"喧哗"与"静默"的对比，构成了广阔的境界，形象地暗示出一种无声的力量，有着巨大的感召力和影响力。再如，"你看那天空／群星割据／于是就有太阳／大一统"（第一百四十八首）、"灯塔习惯于指点

迷津 / 它失明时 / 身躯与黑暗融为一体"（第三百三十八首）、"安静的砂石 / 因忠诚于狂风 / 变成了打手"（第四百一十二首）等，都是采用了以象寓意的手法，使诗获得了含蓄蕴藉的艺术效果。

2. 灵动多样的诗美。诗是审美的艺术，成功的哲理小诗，其写作也必然要花气力营造新奇嬗变、灵动多样的诗美，以避免单调的构思、乏味的表述、抽象的说理。宫蔚国为此采用了多种艺术手段，努力将人们熟悉的生活感受转化为陌生的艺术感受，将常见的生活景象转化为奇异的艺术境界，着力增强诗的审美性和意味感。例如，"风啊，你是不是很痛 / 这漫天翻飞的叶子 / 多像你身上刮去的鳞片"（第四十一首），这是借助想象，大胆改变并重构了"风"与"叶子"的关系，化无生命为有生命，变熟悉为陌生，大大增强了诗的奇异美。"当我试图和一棵树交好 / 它希望我的身上 / 长满绿叶"（第一百六十一首），诗人移情于物，将平常感受转化为奇异的艺术感受，十分形象地表现出人与自然需要相互交流、相互理解、平等相待的哲学思考，大大增强了诗的含蓄美。"海是个婴儿 / 饥饿时大声哭叫 / 可是大地没有足够的奶水 / 终于它含着月亮的奶嘴睡着了"（第四百三十六首），拟人化手法的运用，创造了优美的诗的意境，读后令人想象和回味。"最弱的光 / 也可以撬开黑夜的锁 // 最柔弱的生命 / 也可以突破土地的坚硬"（第七首），比兴手法的运用，拓展了诗的境界，增强了诗的空白美，给人留下联想和思考的艺术空间。"哈，你的慈悲 / 你充满快意地把活牛活鸡 / 扔给狮子，却对狼吃小羊的故事耿耿于怀"（第七十七首），巧用对比，增强了反讽的艺术效果。"种瓜得瓜 / 种豆得豆 / 而我播种的是一个美丽的虹啊"（第一百零三首）、"如果对它好 / 就对它冷一些 / 再冷一些 / 因为它是冰"（第三十三首），以超常的形象搭配和逆向思考，使诗意的表达出人意料，不落俗套。"小草说，树啊，你总让我仰视 / 树说，不，是你的标准太低"（第三百零四首）、"花儿对果实说：/ 孩子，如果我的美丽永恒 / 你的青春将如何安放"（第三百二十二首），对话方式的运用，凝聚了富有人情味、意味的瞬间，增强了诗的自然美和亲切感。

3.精心锤炼诗的语言。诗是语言艺术的最高境界，小诗的写作更要竭力追求语言的形象、生动、精练、灵动、新颖，才能将诗写得有形、有境、有情、有意、有味。为此，宫蔚国在写作时注重锤炼语言，常在炼字、炼句上下功夫。他告诉我，他对自己写诗的语言要求是"形象，精练，有灵气，有新奇，使人看后有眼前一亮的感觉"。无论这个标准在他的诗歌写作中是否得到体现，这种对诗歌语言的尊重、自觉为诗歌语言设置高标准的做法，都是值得肯定的。他重视锤炼诗的语言，无疑提升了他的诗歌境界与艺术表现力。这主要表现在如下方面：其一，追求语言的形象化，增强诗的含蓄性。比如，"天空有天空的规则 / 你想飞 / 就自己长出翅膀"（第四百一十一首）、"所有的云朵 / 都是大山行走的梦"（第五首）、"红墨水吃掉黑墨水 / 它却渐渐变黑"（第二百零四首）、"狼说，羊是会跑的草 / 草是睡着的羊"（第二百零二首），暗喻、拟人手法的运用，增强了语言的形象感，营造出含蓄隽永、意味深长的诗意空间，也给读者留下了想象和思考的艺术空白。其二，采用词语超常搭配的方式，形成陌生化的表达效果。如："种瓜得瓜 / 种豆得豆 / 而我播种的是一个美丽的虹啊"（第一百零三首），显然，"播种"与"美丽的虹"相搭配，显得陌生新奇、出人意料，与前面"种瓜得瓜 / 种豆得豆"的正常表达形成鲜明对比，让读者在惊讶、好奇之余情不自禁地去思索其言外之意。其三，精心锤炼动词，增强诗的形象感和表现力。比如，"命运有自己的生命 / 它会活出最好的一面"（第三百七十首）、"风啊，好好喂养 / 风筝是天空胎盘里的宝宝 / 那些鸟儿都是它的前世"（第四百二十五首）、"坚持吧，别舍弃你沉重的岁月／它会在你的将来／蝉蜕出有力的翅膀"（第五十六首）、"最弱的光／也可以撬开黑夜的锁／／最柔弱的生命／也可以突破土地的坚硬"（第七首），其中"活出""喂养""蝉蜕""撬开""突破"，都是诗人反复挑选、精心锤炼的动词，用到诗中，不仅增强了诗的活力和美感，也大大提升了诗的审美功效和精神境界。其四，采用叹词、语气词，强化诗的抒情气氛。如诗中常用"唉""哦""啊""哈""呵呵""嘿""呀""看哪""是的""你瞧""你看"等，以营造浓郁的抒情氛围，增强诗的感染力。总之，讲究诗语的锤炼和灵活运用，避免了诗歌的直白浅陋，极大地提升了诗性品质。

综上所述，宫蔚国是一位尊重诗、虔诚爱诗、甘愿为诗付出大量心血的诗人。在诗歌创作方面，他坚守自己纯正质朴的诗歌观，远离诗坛那些喧闹，远离那些花样翻新的跟风写作、功利写作、欲望写作，追求唯美与哲思相融的写作境界。他花十多年时间完成的诗集《火苗集》，通过穿越现实的冥想，从多维视角去透视，去探索，其中有对现实存在的深刻反思，有对人生体验的独特感悟，有对生活现象的理性解剖，有对人与自然关系的探究，有对生命去向的追问，有对人类未来的牵挂等，并且善于截取和创造一个极具意味的艺术空间，将这些既源于现实的感悟又包孕独立见解的沉思，经过生命、情感和心灵转化而升华的饱含哲理的艺术发现蕴含其中，形成诗的艺术境界。同时，他十分注重锤炼诗的语言，通过语言的形象化、词语超常搭配、精心锤炼动词、大量采用叹词与语气词等，极大地提升了诗的表现力和艺术感染力。总之，宫蔚国在诗歌创作上已取得可喜的成绩。他的另一本寓言诗集《百喻草》也即将出版。我为他取得的成就感到由衷的高兴，同时也希望他进一步扩大人生视域与艺术视域，在创作中更多地关注现实人生与人类的命运，更多地采用现代诗的艺术手法，不断开拓诗歌创作新境界，在新诗创作上取得新的更大的成绩。

（姚国建，当代诗人、诗歌评论家，蚌埠学院文学与教育学院教授）

参考文献

[1] 任钧．新诗话．上海．上海国际文化服务社，1948：56.

[2] 吴炫．新时期文学热点作品讲演录．桂林．广西师范大学出版社，2004：3—4.

[3] 吴炫．新时期文学热点作品讲演录．桂林．广西师范大学出版社，2004：13.

[4] 克里希纳·克里巴拉尼：泰戈尔传．倪培翻译．桂林．漓江出版社，1984：316—317.

后 记

我对小诗这种形式比较偏爱，缘于脑海中曾有过不少创意性的画面，于是用简短的诗性语言写下，希望可以给画家提供创作素材。当然画家未必感兴趣，且不见得容易创作，我就把它们收在我的第一个集子里，起名《童话》。

这种小诗形式对我后面的写作影响较大，我把它当作重要的创作形式，写了很长时间，数量也积累得较为可观。待把它们拿出来展示时，受到朋友们的喜爱。我想，这些年来，人们可能在精神层面有所缺失，而诗中所表达的情感、哲思，恰恰也是精神层面的内容居多，容易形成共鸣。它们形式微小，始作于秋冬，像一束束火苗，在温暖我的同时，也温暖着众多朋友的心灵。

不可否认，这样的诗作，由于没有严格意义上的主题，创作的时间跨度很大，加之内容庞杂，不可避免有种碎片感，好在它们始终贯穿在一个大的主旨中，在一个思维系统内，因而算是一个整体。

本书完稿后，著名诗人崔国发先生、诗评家姚国建教授，都给予热诚的鼓励和中肯的评价，令我没齿难忘。还有关心爱护我的亲人们、朋友们，他们就像冬天里的一团团火，温暖着我，并照耀着我前行的路。

宫蔚国

2020 年 11 月 24 日